인향문단
시선

32

김은영 창작시집

노을 속에 묻어둔 그별

애월 김은영 시인 , 시낭송가

상지영서대학교 졸업
(전)예촌문학회 부회장
(전)국제문학바탕문인협회 강원지회장
(현)등불문학문학회 회장
(현) 인향문단 편집위원
(현) 애월향기 문학 리더
원주시 문학백일장 장려상
내일신문 시민공모전 입상
이효석 메밀축제 수필 공모전 입상
한국시낭송 대회 장려상
국제문학바탕문인 협회 공로상
문학바탕 월간지 다수 수록
제1시집 [엄마의 비밀(문학바탕)] 출간
제2시집 [내 노래에 날개가 있다면(도서출판 그림책)] 출간

youngeun8484@naver.com

인향문단 시선 32

김은영 창작시집 – 노을 속에 묻어둔 그별

초판 발행일 2023년 8월 10일
초판 인쇄일 2023년 8월 10일

지은이 김은영
펴낸이 장문정
펴낸곳 도서출판 그림책
디자인 이정순 / 정해경
출판등록 제2010-000001
주소 경기도 수원시 영통구 이의동 웰빙타운로 70
연락처 TEL070-4105-8439 (010)2676-9912
E-mail : khbang21@naver.com

인향문단 시선 32

김은영 창작시집

노을 속에 묻어둔 그별

노을 속에 묻어둔 그별을 펴내며

2집 "내 노래 날개 있다면"에 이어 3집 "노을 속에 묻어둔 그별"을 출간하면서 감회가 새롭다.

숨 가쁘게 살아온 날들이 내리달리기 시작한지 34년 만에 브레이크가 걸리면서 엄청난 충격과 고통, 그리고 트라우마… 많은 시간 우울증으로 시달리다가 아들과 며느리, 남편과 싱가포르를 다녀온 후 모든 것들을 떨쳐 낼 수가 있었다.

세상 속으로 뛰어가는 연습을 수백 번 해봤지만 시계는 내가 빨리 가고 싶어 한다고 빨리 따라오지 않더라는 것을 느끼면서 많은 생각을 하게 해주었다. 세월은 같이 손잡고 간다고 나도 가는 것이 아니었다는 것을 교통사고가 크게 나고부터 알았다.

4개월 입원하는 동안에 집에 다시 못 돌아가는 줄 알았는데 세상 사람들도 내 가족도 그대로 잘 살고 있었다. 얼마나 많은 고생을 겪었는지 고통을 참고 견디는 동안 지옥이 따로 없었다. 병원에서 환자가 텃세를 부려서 자신과 싸우는 나를 혈압이 187까지 올라가게 스트레스를 주었고 눈물을 쏟아내듯 어마 무시한 싸움을 하던 중에 다른 병원으로 옮기면서 입원했던 병원장과 한의사 교수님이 다독여 주시는 말씀에 힘을 얻을 수가 있었다. 상담이 필요한 나에게 돌보아주신 인턴선생님과 교수님께 진심으로 감사드린다.

날마다 추위 속에서도 하루도 빠짐없이 찾아와서 세상밖에 일을 이야기 해주고 지켜준 남편 또한 고마웠다. 반찬과 건강식품 그리고 좋은 음식을 챙겨준 우리 막내 여동생에게 고맙다 말 전하고 단 하루도 빠짐없이 날마다 힘내라고 격려해 주시고 문자와 동영상을 보내주신 집사님, 장로님께도 너무도 감사하는 마음 어찌 표현을 글로 다 할 수 있겠는가!

3집에는 "특별히 하나님이 나에게 안 계셨다면" 이라는 전제를 엿볼 수 있을 만큼 나의 삶은 최대의 위기가 왔었기에 3집은 나에게 엄청난 깨달음과 함께 새로운 시작을 한다고 해도 과언이 아니다.

우리의 삶은 어떠한 상황에서도 행복지수가 삶을 주관한다고 하지만 내 몸을 건강하게 지키는 것이 행복을 만들어가는 아주 중요한 기본이라 생각한다. 느긋하게 한걸음 한걸음 걷는 것이 얼마나 소중한지 느낄 수 있었다. "걸을 수 있고 움직일 수 있다는 것에 더욱 감사해야지" 하는 마음 잊지 말아야지 다짐도 해본다.

이번 시집을 내면서 자신을 다스리는 연습을 하면서 주변의 사람들이 얼마나 소중한지 느낄 수 있었다. 인내함으로 감당할 시험을 주신 하나님께 진심으로 감사드린다.

나이가 들어가는 것이 참 아깝지만 현실을 받아드리는 연습을 하고 또한 인생의 큰 걸림돌에서 오뚝이처럼 일어나면서 육십을 바라보는 나이에 내가 다시 조금 더 성장했다는 것도 알았다.

끝으로 나를 시의 세계로 이끌어준 두 아들에게도 남편에게도 고맙고 감사하고 지금까지 하나님의 은혜로 살 수 있게 해주신 예수님께 진심으로 영광을 돌려본다.

- 김은영

CONTENTS

1장

꽃에 새겨진 이름들

꿈

언젠가 새가 되고 싶었는데
그 넓은 시야가 내 것이라니
그 높은 하늘을 날아갈 수 있다니
세상이 내 날개 아래 있었다

뒷동산

사십대의 뒷동산이
싱싱했었다

오십대의 뒷동산이
헐떡여서 천천히 오르라 한다

교통사고 후 날마다 다니던
산이
나를 거부하기 시작한다

그래도 너와 말하고 싶다고 말해도
오지 말라 소리친다

나는 가야만 한다
재활 치료를 위해서

그곳엔
많은 사연의 삶을 토해내는
사람들의 이야기가
울림을 주기 때문이다

게들의 행진

운동이 끝나면
계단을 내려올 때
게들이 지팡이를 짚고

교통사고로 인해
수술로 인해
관절로 인해
발목 부상으로 인해
골절된 허리로 인해
재활의 이유가 많다

답답한 싱싱한 토끼가
"언니들
나 먼저 내려가요

뚱뚱한 관절염 언니
"너도 내 나이 돼봐
게걸음 안하게 생겼나"

우리 모두가
합창이다
맞아 맞아!
늙어보면 우리들이
왜 그리 내려가는지 알거다

사연을 가진 둘레길엔
게들의 심정을 아는 행진이 즐거웠다

꽃에 새겨진 이름들

나의 봄은 그랬다

옷깃이 차가와 지면
눈물은 등줄기로 슬슬 흐르고
노을 속에 파묻힌 이름들이 새겨졌다

내 어릴 적
내 아픔이 움터서 자꾸 슬퍼진다

비난 했던 그 꽃들
놀리고 못살게 하고 유린했던

하나둘씩
꽃잎에 새겨져 있어서
잊혀지지 않는
이름꽃

어린 꽃들은 잘못이 없다
나의 잘못도 아닌
부모의 잘못도 아닌
철들지 않았던 이름 없는 꽃들
무엇들을 하고 있을까

그러나 나는 지금
멋진 이름이 있는 예쁜 여인

그들을
역사 속으로 보내려 애쓰고 있는 중

언어폭력

너희들
그거 알아
모르잖아

니들이
나의 파란 싹을 밟았을 때
내가 얼마나 죽고 싶었는지

철 모를 때니까
용서해주고 싶지만 용서가 잘 안 돼

난 지금도 사람을
똑바로 못 쳐다본다

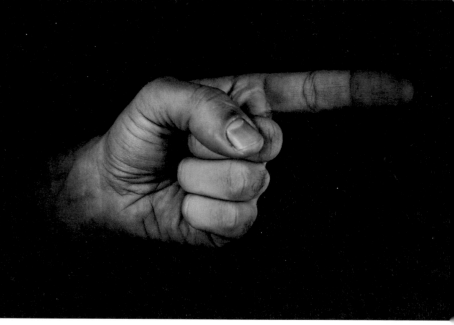

비밀

공원 벤치에
편안하게 누워 있는
낙엽은
내 마음이 이렇게
아픈 줄 알까?

여유

나이 육십이 되어가니까
노을을 바라보는 것에
여유가 생긴다

허리를 펴고
늙었다고 하기 전
여행을 다니려니

그 넓은 세상이
한눈에 들어와
방황하고 싶어진다

동행

시간은 아끼면서
가는 법이 없네요

그냥 우리 함께 가자합니다

무책임하게 가지 말라
못하겠어요
자꾸 따라 오라해서요

그런 사람

이런 사람 있으면
손 들고 내게 오세요

내가 속상할 때
투정 받아 줄 수 있는 사람

가끔 노을 속으로 빠지면
너무 아플 때
눈물 닦아주실 분 내게 오세요

밝은 태양 뜰 때
환희의 박수로 바라볼 수 있는 사람

20 노을 속에 묻어둔 그별

이제 철드나보다

속을 건 속고
믿을 건 믿고 살고 싶은 거 보니

들을 건 듣고
듣지 말아야 할 것들은
귀 막고 살아야 할걸

안 좋게 보여도
좋게 보는 시선이 필요한걸

편안하게 내려놨더라면
이렇게 아프지 않았을걸

내편이란 아무도 없다
그저 자신만 믿고 사는 것이
최고인걸

많은 것을 말하면서 사는 거보다
그저 필요의 의해
지혜롭게 사는 것이 나쁘지 않다

그냥
얼렁뚱땅 넘어 가는 연습도
덮을 건 덮어주기도 하고
삼킬 건 삼킬 줄도 알아야

노을아

나
열심히 달려왔고

나
어려운 일
참고 견디었고

나
웃으면서
살았지

나 웃으면서 살았는데
내 삶 묻어줘

그 속엔 찬란한
태양이 있다는 걸 알고 있잖아

불면증

그 여인의 버릇이
또 시작됐다
밤과 사투를 벌이듯
잠이 오지 않아
시간을 부여잡고
통곡 한다

제발
나의 잠을 돌려 달라고
그나마 몇 프로
충전해 놨더니
밤새
그 녀석은 그 여자에게
초침을 잡고 있다

미친다
그렇지 않아도
갱년기와 몇 년째
사투를 벌이는데
그 여인은
또 울고 있다

내 마음대로 살거야

말없이 흐르는 물에
차분히 소리 없이 흐르는
그대의 품성을 보고 배우려네

지나가는 나그네가 소리를 치든
손가락질 하며 욕을 하던
자네의 그 조용한 흐름을
보고 배우려하네

누군가 푸념해도
버린 바 되어도
그대는 그대의 길만 고집하는
당신의 외길을 가려하네

흘리도 흘리도
누군가 침을 뱉어도
당신을 유린해도
그저 곧은 길로 흐르는 순정
고요히 가슴에 담아 보겠네

누가 뭐라해도 신경 안 쓰고
누가 말해도 대답하지 않고
비바람이 쳐도 부는 대로
강이라는 이름으로 흐르는
곧은 마음 순리대로 배우려 하네

여자의 푸념

깊게 익어갈 때
속삭이는 사랑의 발자국들이
하늘 향해 노래하고
누군가 몰래 버린
비밀을 주워 온다

밤마다 들려오는
오로라 빛 떨어지는 소리
별빛도 추워 웅크리고
바람이 데려온 외로움
방안을 휘감는다

침대에 삐거덕 소리
중년의 구슬픈 푸념만
가득한데
고독이 머무는 자리는
방안을 돌아다닌다

친구

자네가 있어
행복 하다는 걸
이제 알았네

이렇게 막막한
사연
누군가에게 말하고 싶지만
이런 말 털어 놓을 수 있어
행복하다네

자네가 좋은 친구라는 걸
잊고 살았다네

머릿속이 복잡 할 때
진작 자네를 찾지 않았던
나를 용서 하게나

참으로 고마운 친구일세!
참 감사한 친구일세!
자네의 귀가 항상
나를 위해 열려 있다는 걸 몰랐네

잔잔한 향기

메론 향기가 짙은
사람이 되고 싶다

색깔이 강할수록
성격이 짙을수록
진한 향기 나는
평온한 냄새 품어내는
여인

중독

누가 내 마음에
브레이크를 걸어 주리

눈만 뜨면 핸드폰
걸어가도 핸드폰
잠을 자도 핸드폰

중독에 빠진
한심한 나는
손목이 아프도록…

중독이다

외로운 양치기 고독

양몰이 하면서
세상을 배우고
사랑을 배우고
포근함도 배웠으리

양치기의 고독
말도 없이 양과의 교감

침묵 속에서 눈으로 공감했을…

넓은 들판에 서서
고독한 휘파람이
얼마나 외로웠을까

그래도
그는 행복 했으리

내일은 없다

오늘 열심히 일하지 않으면
내일을 기대하지 마라

오늘이 싫증나면 내일을
기다리지 마라

오늘 하루 당신이 행복했다면
내일도 행복할 거라고
생각하지 마라

오늘 당신의 고귀한 하루
오늘이 마지막일 거라고
다짐하면서 살라

오늘 열심히 살았다고
내일도
그럴 거라고 생각하지 마라

이 시간
삶을 귀하게 살아가는 법을
배웠다면 내일도 충실하게
사는 법을 익혀라

조금만 참을걸

무심코 내뱉는 말
3초만 쉬었다가
겸손을 풀어 놓았으면
얼마나 좋았을까

분노를 못 참았다

사랑

심장에 살포시
눌러 담아도
한소끔 손안에
차곡차곡 담아도
마음에 채워지지 않는
사랑

품어도 그립고
버리면 사랑 받고 싶고
줘도 줘도 아깝지 않는
주는 이의 행복

받고도 부족해
채우고 싶은 것

눈꺼풀

복잡한 머리가
일어나지도 않은 일에 걱정하고
근심하고
안정이 안 되고
불안하다

예민하게
잠 한숨 못자고
빛나는 해를 바라보려니
작은 약 한 알에 잠을 빌려도
눈이 감기지 않아
빛을 볼 수가 없다

오십년 넘게 눈꺼풀과 싸워도
이기지 못하는 이들이 있지만
나는 이길 수 있다

공중전화

그 사람은 살가운 사람이었어요
남자인데도 그의 미소는
너무도 예쁜 하얀 피부이었지요
밤마다
그는 나의 목소리 듣고 싶어
문을 활짝 열고 기다립니다

봄에는 산 넘어 보이는
나를 그리워하기도 하고
버들강아지 바라보듯
나를 유혹하기도 했지요
자기 곁으로 오라고

여름에는 흐르는 땀이
마냥 사랑으로 흠뻑 젖고

가을에는
낙엽이 공중전화박스에 붙어
가을노래를
멋지게 부르기도 했습니다

추운 겨울엔 홀로 서있는 그가
내 목소리를 기다리고 있지만
영원히 그는
나를 기다리고 있을 겁니다
내게
핸드폰이 생긴 줄도 모르고

그 여자

세월은 추억을 낳고
나이는 가정을 꾸며 놓고
가정은 두 아이를 주고
두 아이는
황혼의 여정을
세차게 노을 속으로 몸부림치도록
달려가게 한다

그곳에는
그 여자의 찬란한 태양이 있다

달력에게

올해 당신 참 씩씩했습니다
올해 당신처럼 긍정이고
해맑은 기쁨 준다면 나
2023년도에 당신처럼 살겠습니다

그대는 2022년도 처럼
나에게 행복한 미소만 준다면
그대에게 날개를 달아주겠습니다

당신 올 한해 나를 너무도
사랑해 주었기에 그 사랑을
많은 사람들에게 아낌없이 퍼주겠습니다

올 1년 동안 당신이 있어
당신 덕분에 평안했습니다
감사했어요
고마웠어요
그리고 미안했어요
내년에는 자신을 돌아보는 제가 될게요

올 한해 당신 덕분에 잘 지냈으니
당신 심장에게 한마디 넣어 드립니다

사랑합니다

36 김은영 창작시집 - 노을 숲에 묻어둔 그별

당신은 빠져봤나요

음악에 빠져 보세요
아주 몰입하면서
깊이…

저 깊은 물속으로
아주 파란 물속으로
아주 깊은 터널 속으로

당신은
공상에 빠져 들어가고 있나요
누군가 나를
험한 곳으로 데려가면서

이야기도 하지 않은 채
눈을 가리고
한없이 끌고 가는
그 음악 속에는
외로움이 있더라고요

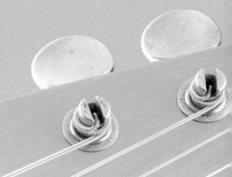

나도 꽃이고 싶다

때론 꽃이고 싶다

선을 행할 때
내 마음이 예쁜 꽃으로
변했으면 좋겠다

미소 지을 때
아름다운 사람의 꽃이
근심 가득 할 때
짓밟힌 꽃이 되어
길가에서 울고 있을 때
사람들은 나를
시들은 꽃으로 보겠지

향기를 머금은 꽃은
미움과 질투를 싫어한다

욕심을 낼 때
꽃 몽우리 오그라들며
이름을 부르지 못하고
내내 하늘만 쳐다본다

미움

예쁨 받았다
누군가를 용서했다

그리고
그를 내 품안에서
지우기로 했다

사람꽃

난
오늘
당신의
입꽃
눈꽃
귀꽃
손꽃이 되려고…

세계에서 제일 긴 밤

실컷 자도 12시
꿈꾸고 자도 2시
새벽이 왔나 하면 3시 반

긴긴밤
보초를 서는 시계는
눈꺼풀을 올려줘도

깊은 그 밤은
너무 길기만 했다

빈 의자

텅 빈 의자에
가난한 사람과 함께 한다면
얼마나 좋을까

혼자 살 수 없는 자
스스로 움직일 수 없는 자
혼자 앉을 수 없는 사람

우산을 쓰지 못하는 자
마음이 배고픈 사람

나른한 의자에
혼자 앉아 있기에는

너무도 미안한
의자

빈틈

얼굴은 미소를 아주 약간
띄우는 것이 아름답다

가방은 조금 1센티 정도
열어 놓는 것이 좋다
신발은 1센티 크게 신는 것이 좋다

주머니는 너무 깊은 것 보다
중간인 것이 좋다
속을 많이 채우고 싶기 때문이다

사람은 너무 가까이 앉아 있으면
그 사람의 모든 것이
보이기 때문에
거리를 조금 두는 것이 좋다

사랑을 받는 것 보다
주는 것이 더 행복 하다
받으면 끌려 달리는 것 같아
부담스럽다

친한 사람일수록
마음은 조금
감정도 조금만 열어놔야
비집고 들어 갈수 있다

빈틈을 보이는 사람은
하늘을 바라보아도
구름만 보이지 않는다

어떤 사람

좋은 사람 같지 않는데
좋아 보이는 사람

좋은 사람인데
좋아 보이지 않는 사람

좋은 사람인데
좋게 보이는 사람

편안해 보이면서
편안하지 않은 사람

기댈 수 있어서 기대었는데
어깨가 좁은 사람

등에 등지고 싶었는데
등질 수 없는 안정된 사람

일중독

아파 죽을 것 같아도
일은 해야겠다

밤새
이불만 둘둘 말았어도
해야 할 일은 해야겠다

낮이 몽롱하고
해가 흔들거려도
내 책임은 다해야겠다

내가 웃는 것은

내가 웃는 것은
세상에 온갖 꽃들이 나를
반겨 주기 때문이다

내가 웃는 것은
세상이 나를 위한 노래를
불러주기 때문에
감사해서 웃는 것이다

내가 웃는 것은
자연이 나를
행복하게 하기 때문이다

내가 웃는 것은
비가 와서 내 고통을
씻어 가기 때문이다

왕따

노을 속에
묻어둔 그별

문득
가슴 울컥해진다

떠올리기 싫은
담아두기 싫은
그 강물에 돌이끼

내겐 오직
달과 별 뿐인 친구였다

웃음이 나서

의자에 앉은 모자 쓴 어머니
에구에구…
자리에 앉자마자

뒤에 앉은 아버님이
막 올라탄 어머니께
"어디까지 가세유"
"중앙시장유"

"아저씨는 어디 가세유"
"머리 깎으러 가유"
"아저씨 머리도 하나도 없는데
뭔 머리를 깎어유
그냥 사세유"

모르는 사람끼리도
저렇게 대화가 되네

작은 행복

사심 없이 풀어 놓은
마음이 가난한 여인

동행하고 싶어 하는 이들에게 베풀었을 뿐인데
감동하여 눈물이 나온다 한다
배울 때는 동서남북
피곤한 줄 모르고 이곳저곳에서 돈 주고 배웠는데
잇몸이 병이 나도록 뛰어 다니며 배웠다

시인의 감정을 내 감정에
이입시켜 때론 울고
때론
행복한 낭송을 하기도 했다

낭송 대회서 입상을 하고
자격증을 받고 돈 좀 벌어야지
허무맹랑한 꿈을 갖기도 했다

받는 이는 그냥 감동이고
낭송하는 나에게는 작은 선물이었다
낭송하고 또 낭송하고
영상을 만들고 또 만들고
그렇게 제작 하는 것이 시낭송이다

작은 것에 그들이 행복해 하는 모습 보고
오늘은 그들의 미소를 가슴에 담아
가벼운 마음으로 출근한다

작은 행복은 그렇게 만들어진다

지금

하고 싶은 일이 있다면
지금 실행 하세요

지난날 못하고 후회하는 일 있었다면
당장 지금 하세요

핑계가 많은 일은
계획이 사라지고 맙니다
얼른 일어서세요

남이 성공할 때
뒷짐 짓고 서 있지 말고
생각날 때 메모지에 적으세요

자꾸 밍그적 거리면 거릴수록
내 안에 꿈틀되는 게으름이
살아 숨 쉬어 실천하기 힘듭니다

내가 사는 법

세상은
그렇게 만만치 않아서
잘 둘러보고 이해하면서
살아야 내가 산다

사람의 마음이
차가워서
다가 가려할 때 이득 없으면
벽을 만들고 만다

세상 인심은 녹록치 않고
한 아름 쌓아 두어도
배부르지 않다면
나눠줄 생각도 없고
나눠 주지도 않는다

너의 곁으로

열심히 일하고
노을 속으로
여유를 풍덩 빠뜨리면
내 곁에 와서 속삭인다

잘했어
고생했어

그곳에 가면

내가 버린 웃음
내가 버린 눈물
내가 버린 외로움
내가 버린 욕심
내가 버린 열정
노을 속에서 타고 있겠지

타다 남은 날개

뉴스

누군가 그리운 날
바람이 부는 날
방콕을 하는 날
꽃가루 뒤덮은 날
사람이 그리운 날

이렇게 무지막지 하게
입 틀어막고 앉아서
누가 죽었나
누가 얼마나 감염에 걸렸나

죽기를 바라는 뉴스

고향의 밤

달이 되어 버린 날
은빛이 너울너울 거릴 때
속삭이는 돌들이
심장을 두드린다

마음이 별이 된 날
강가는 온통
돌이끼가 앉을 새 없이
홍수가 났다

그가 곁에 있을 때
포근함은
시인을 만들어 주었다

이상한 봄

봄을 기다려 봤지만
지금처럼 뿌연
봄은 없었다

콧노래 부르던 봄처녀
여름이 와도 불안에 떨어
공포 속에서
6천년의 세월이
지나가는 길목에 서성이고 있다

봄은
아지랑이 없이
저 혼자 피기도 하고 지기도 했다

쉬어 가는 봄은
그리도 아름답지 못한
행동을 뿌려놓고 지나가는
길목마다 꽃방석 만들고
꽃그림 그려놓고

서로가 서로를 의심하는
코로나 19의 봄이었다

박경리 선생님

원주에 오면 그가 있습니다
뜰은 그의 고운 손으로
가슴을 파고드는 글을 숨겨 놓고
잔디마다 행운을 심어 놓은 작은 공원 속

숨을 몰아쉬며
치악산 산기슭에 맑은 물을 마시고
당신의 골 깊은 글을
원주시 곳곳 마다 새겨 놓으신 당신의 발걸음
토지의 산 증인 박경리 선생님
당신의 고귀함
가슴에 포근히 안아 봅니다

치악산 정상에 정기를 품으면
원주 시민으로 자랑스럽게
다가오는 당신의 숨결이 느껴집니다
언제나 꼿꼿이 버티고 있습니다

잔잔한 방을 살며시 들여다 볼 때
고귀한 글
감동의 글
영혼을 잠재우는 글
나라를 걱정 하는 글
사랑하는 글
오는 이마다
반기며 웃고 계시는 당신

박경리 당신은 우리 원주의 보물입니다

꽃길

오늘은 바람 덕분에
꽃길을 걸었습니다

살랑살랑 걸릴 때마다
발등에 살짝 붙어다니는
분홍빛 때문에 황홀 했습니다

내 발이 꽃길에 휩싸여
호강할 줄 꿈엔들
생각 못했습니다

하늘은 잔뜩 성나 있지만
내 앞에 잔잔하게 휘날리며
살아 있는 꽃 양탄자가
기쁨을 주었습니다

오늘은
정말 꽃길만 걷고 출근 했습니다
사랑과 행복을 밟으며
세상에서 흔히 말하는
꽃길 같은 꽃을 말입니다

선택의 여지도 없이
선물로 내게 흩날려 준
당신은 나의 봄꽃이었습니다

죽일 놈의 외로움

바람은 불고
4월을 만족시키는 꽃들이
천지를 개벽하는데

이놈의 몹쓸 외로움
밀물과 썰물처럼
온몸을 들어왔다 나갔다 한다

창밖에 먼지는
또다시 도진 병을
아는지 모르는지

몰라도 좋고 알아도 좋다

소름 돋게 하는 몹쓸 그놈

살갗에 고슴도치
가시만큼 굵게 올라와
옆에 있는 수면제 백알 정도는
천하가 부럽지 않다

이놈의 몹쓸 외로움
도가니에 빠져
허우적거리기만 하고

꽃들이여

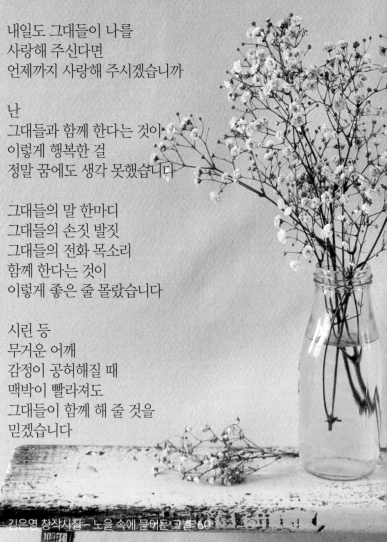

오늘
내가
그대들과 함께하고 싶은데
언제까지 나와 동행해 주시겠습니까

내일도 그대들이 나를
사랑해 주신다면
언제까지 사랑해 주시겠습니까

난
그대들과 함께 한다는 것이
이렇게 행복한 걸
정말 꿈에도 생각 못했습니다

그대들의 말 한마디
그대들의 손짓 발짓
그대들의 전화 목소리
함께 한다는 것이
이렇게 좋은 줄 몰랐습니다

시린 등
무거운 어깨
감정이 공허해질 때
맥박이 빨라져도
그대들이 함께 해 줄 것을
믿겠습니다

화낼 일인가

얼굴 보니 탱탱해서
동생인 줄 알고 반말 했더니
나이가 많이 잡수셨다네

나이 안 들어 보이냐고
벌컥 화를 내네

의술인가
자연인인가

세상의 그림

사랑이라는 이름
구겨진 바다 위 그려 놓고
조금씩 꺼내 보는 재미

깊은 바다 속으로
빨려 들어가는 줄 모르는
어리석음

무성한 해초들과 함께
헤엄치는 연습하고 있다

위험한 상어들에게
살이 뜯기는 추억에 놀아나
사랑이라는 나그네로 방황하며

그 옛날 침몰된
크나큰 배에 묶여
그곳에 터를 잡고
올라올 줄 모르는 두려움

썩은 물속에서
철썩대는 모래 위에 반짝임
허옇게 드러낸 조개들의 속삭임
허울 좋은
삶이 아닌 허상이었다

그만 내려 놔요 ^{想念}

뭐…
좋은 거라고
무겁게 지고
내려놓지 못하나

어리석은 사람아
어찌 그리 미련한가

내 것이 되는 것도 아닐 텐데
답답하고 미련한 사람아

등에 짊어진
그 지옥 같은 스트레스
왜 그리 달고 다니나

구석에 처박아도
기어 나오고
바람에 휘날려도
비에 쓸려도
떨어지지 않는 상념

이날이 가면 불에 태워
잿더미로 날려 보내게

63 김은영 창작시집 - 노을 속에 묻어둔 그별

꽃이 예쁜 것은

꽃이 예쁜 것은
네가 예쁘기 때문에
예쁜 것이야

꽃이 아름다운 것은
네 마음이 아름답기 때문에
아름다운 것이고

꽃이 눈부신 것은
네가 사랑하기 때문에
눈부신 것이다

너는

바위틈에 끼어 있는
진토 같으리니
내 마음이 혼란하거늘

메마른 가지위에 서서
잎새 하나 남은
위태로움에
바스스 떨고 있구나

영혼에 매달린 흑암이
머리를 스칠 때마다
외로움도
고독함도
도가니 속에서
진저리를 치누나

소리 없는 죽음

내 살은 날카롭게
솟아 있고

바다 물결 소리는
심장을 드나든다

알 수 없는 암흑

궁핍한 깃을 세우며
날개 짓에 여운 남기고
떠난 철새의
그리움에 고독하여라

해가 뜨면

지던 곳을 향해
시계바늘 업고
달려가네

바람이 불면 지혜가 날리어
구름이 뜨면 지식이 근심하니
헛되이 행동하는 어리석음

구부러진 길 바로 잡으려하지 말고
수고한 자의 길을 열어주기를…

꽃 축제

이름 있는 꽃들 속에서
나의 이름이 없다면
얼마나 서러울까

모세의 길이 열리고
그길로 사람들이 사진들을 찍고
꽃들은 가지가지 자랑질을 하면서
자기 이름을 부를 때까지
뽐내면서 사진에 찍히려고
온갖 여우질을 다 하고 있다

그 더위에도 아랑곳 하지 않고
목을 꼿꼿이 세우고
나 좀 봐달라고 불러대며
자기를 카메라에 담아달라고
애걸복걸한다

그 넓은 들판에 꽃들은
아마도
수백 가지에 찬사 받으면서
교만하고 오만한 자태를 풍기며
나보다 더 예쁜꽃 있으면 나와 보라고
열심히 다투고 있다

나비의 꿈

너희들은
왜?

나비가 꽃에
앉아 있고 싶어 하는지
알고 있니

너희들과
어울리고 싶어서였어

같이 놀고 싶었지

원주역

버스를 타고 지나는 길
원주역이라 하는 간판위에
수많은 나의 추억이
누렇게 묻어있었다

2021년부터 원주역이라
옮긴 곳에 새로운 추억을 만들려니
덩그렇게 어색하기 그지없다

아무것도 없는 곳에
쓸쓸하게 옮겨 놓은 원주역

변색된 간판은
동대문부터 서울역 전국에
내 마음 실어다 주던
을씨년스러운 나의 추억
나의 사랑이 담긴 교통수단

많은 사람들의
애환을 철로 속에 깔아놓고
기차는 아는지 모르는지

몰라도 무작정 목적지를 향해
달려가고픈 나의 원주역
자기가 나를 얼마나 사랑했는지
달려가고 싶은 곳으로 가고 있다

빗소리

당신의 소리가 얼마나 좋은지
당신은 알지 못하지요

때론 사르르 내릴 때
감성적이면서 감미롭기도 하답니다

마구 큰소리 낼 때
상남자의 목청을 지닌 듯

지지직 소리 나는 부침개 굽는 소리는
얼마나 먹고 싶은지 알아요

애주가들이 막걸리와
어울리게 하는 이 소리를
아마도 빗소리 당신은 모를 거예요

자분자분 살며시 내 마음에 적실 때
여인의 속삭임 같은 걸

누군가의 사랑을 받고 있을 때
얼마나 멋진 참 좋은 당신

화가 나서 있을 때는 밉지만
보슬비 소리처럼 예쁜
당신 최고야

온나라 쓸어갈 때
당신은 정말 밉지만

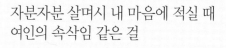

원주를 자랑합니다

행복을 빚어낸
아름다운 우리 원주

치악산 온유한 실바람
사람들의 마음 마음을
포용하고 있는
강원도의 중심

치악산 정기를 품어낸
아늑하고 포근한
제2의 고향

나를 사람다운 사람으로
키워준 원주

많은 사연들
속속들이 숨어 있지만
나를 사랑해 주는
원주가 참 좋다

심장을 쫄깃하게 하는
출렁다리
추억을 만끽하게 하는
레일바이크

토지를 쓰신
박경리 작가가 살아 숨쉬는
따뜻하고 평화가 넘치는
축복받은 땅

유명인사들
무던히 잘 길러내어
자랑할 가치가 있는
믿음직스런 곳

정이 깊어 행복한 터전을
보금자리로 만들어낸 옥토

호흡이 온전할 때까지
건강한 우리 원주에
오래 오래 살고 싶다

2장

봄이 내 마음에

우울증

깊은 곳에서
실바람이 불어 왔다

심장이 폭풍치고
두뇌가 흔들리고
몸에서 열이 나고
힘이 빠지는

그는
중증 바이러스다

설날

까치 설날
떡국 먹은 만큼
나이 값을 해야겠다

빨리 회복해서
다짐이 헛되지 않도록
노력해야지

까치는 병원 안으로
행복과 떡국을 가져왔다

긴긴밤이 원수다

이렇게 잠이 오지 않는
밤이라면

화롯불에 도란도란
고구마나 구워먹을걸

거지가 친구하자 덤벼들 때
새까맣게 립스틱 바르며
현시대에 안 맞는 간식

밤이 뭣 때문에 길은 걸까
통증이 오는 아픔이
하늘을 빙글빙글 돌리고
낮에 병원에서 쇼크가 온
후유증일 게다

일어나지도 않을 94프로
걱정을 만들며
쓰레기통에 쳐 박아도
도로 기어 나온다

새벽 다섯 시에 거둬갈 쓰레기가
청소차라도
얼른 내 마음 속에
아니 귓전에라도 온다면
지겨운 불면증은 십자가라도
갈보리에 지고 가겠다

이게 사는 건가

서로 눈인사 하고
하얗게 입을 막고
무슨 소리인지
알아듣지도 못하고

밥도 같이 먹지 못하고
같은 공간 안에서
너는 너
나는 나

가족끼리
거리를 얼만큼 두어야 하는지
할 말 있어도 문자로

32평 공간에서
무슨 일이 일어나고 있는 걸까

방바닥에는
엑스레이
검사를 위해
뜨끈뜨끈 해지고

결과 기다릴 새도 없이
그놈은
가족 여행을 방콕으로만 몰고 갔다

교통사고1

교도소를 이기는
방법

눈발이 감정을 날리는 날
추억이 농익어
창가에 매달려 있지만

그 옛날로
돌아오기 싫어했다

치료가 늦어진다

교통사고2

우울증이
주룩주룩 오는 건
슬픔의 노래이다

약간의 마음을 적셔주는 그리움은
외로움만큼이나
날갯짓이 서글프다

무슨 생각 끝에
어떤 마음으로
활짝 펴고
봄에
날아가는 것일까

세월의 아픔은 아는가
허리골절 4대
골반에 금이 간 흔적을 남기었을까

창문에 흐르는 눈물은
내 눈물보다 진하지 않지만
비가 내리는 날에
봄의 왈츠는 속도 모르고
경이롭게 춤을 춘다

교통사고 3

겨울 내내
서리가 창가를 뿌옇게
도배했을 때
봄을 보지 못할 것 같았는데

추워 웅크리던 개구리도 새들도
제자리 찾으러 오고
담당 교수님의 한마디는
봄이 눈으로 다가왔다

병원 가던 길
어느 집 벽에 붙어 있는
꽃 냄새에 끌려
한껏 담아본 활짝 핀 꽃

감옥 같은 병실
그렇게
고통을 주더니

봄이 오는 발자국 소리에
떠오르는 태양도
황홀해 보인다

봄은
내 마음에 천천히
다가오고 있었다

교통사고4

너!

그동안
열심히 살았잖아

다 고장 났는데
누구한데 보상받아

이제 좀 푹 쉬면서
뒤돌아보라 하잖아

사고 후유증

보기 좋은 유리 인형
덕지덕지 붙은
유리에 살짝 스카치테이프
붙이고 살금살금 살아보니
살맛이 안 난다

워낙에 팔팔했던
내가…

갈 곳도 많고
오라는 곳도 많고
가야할 곳도 많았는데

할 것도 많았던 내가
나는 걸어다니는 인형이다
본드로 붙어놓은
위험한 인형

부서질까봐 겁나는 장난감
어리럼증이 심한 유리인형

씩씩해 보이려고
억지로 웃어도 보지만
얼굴에 나타나 있는 아픈 몸은
여전히 유리인형이다

3장

함께 한다는 것

개나리 처녀 노래

우리 엄마가 좋아하는
개나리 처녀

화들짝 피어
도로에
사랑이 널려 있다

노래방에 있어야 할
울 엄마의 노란 꽃
온천지를 뒤덮고도 모자라
내 마음까지
빼앗아 간 노란 들판

박자도 음정도
가사도 맞지 않는
그 노래

진정
개나리 처녀가 맞는 데
흐르는 물소리조차
노란색

까치가 날름 앉아서
내 엄마의 개나리 처녀를
쪼아 먹고 간다

생일

아들들아
엄마는 너희들이
태어나면서
까르르 웃는 것이
주름살의 보상이었단다

스펀지처럼 물기를
스스로 빨아들였을 때
너희들은 나를
아주
행복하게 했었지

개나리 꽃 보면

하얀 나무 위에
노란마음
척 걸터 놓고

어릴 적
철없이 뛰어 다니던 날

엄마의 호통이
가슴 저리게 한다

엄마의 걱정은
손가락 사이사이
관절염이다

찬비가
한없이 내린다

당신을 위한

행복을 드리는 차 한 잔
당신께 드리고 싶습니다

호호 입김으로
두 손 비비며 출근하는 당신께
마음을 녹이는 커피 한잔

월요일에 찌뿌둥해서
화요일엔 일하기 싫을 텐데
수요일에 눈 비비고 일찍 일어나신 당신께
모닝커피 진하게 한잔 드릴게요

목요일도 감사하는 조건이 많지만
안부인사 메시지 보낼 수 있어서
걸을 수 있는 당신께
감사의 커피 진하게 한잔 타 드릴게요

금요일 주말 힘내고
당신 곁에서 생각지 않았던
친구가 응원하고 있다는 거
알았으면 좋겠습니다

주말에
따뜻한 사랑의 커피
언제나 준비 돼 있다는 거
알았으면 좋겠습니다

힘내세요

함께 한다는 것

누군가 황무지 개간하려 하는데
따라오는 이들이
삽과 괭이 들고 함께 한다면
얼마나 좋을까

그곳은 물도 없고
오직 수고와 노력 밖에 없는데
그 누군가 따라와 준다면
개척하는데 도움이 되리라

오늘 십년을 바라보았더니
그곳에는 희망이라는
건설이 있더라

한 삽으로 흙도 퍼내시고
자갈도 골라내시고 물도 찾고
어떠신가요

함께하실 수 있죠

창밖에 물방울

똑똑 두드리는
나를 보며 슬퍼한다

그 누군들 알아주랴

내 어릴 적 아픔이 그렇게
클 줄을…
지금 생각하면 행복이었는데

창밖에 흐리는 그는
눈물 아닌 위로였다

날마다 머리 쥐어짜며
머리 아파…
눈이 아파…
엄마 아버지 미워

고통 감내했던 것은
어린 내가 감당하기에는
너무도 부족했고
아무도 알아주지 않았다

몇 번 죽으려 애썼지만
내 목숨은 하늘의 것이었다

사무실 창문은
조용히
내 눈물을 닦아 주었다

두 아들

왼쪽 오른쪽에서 활발하게 활동하는 아들들
오늘은 왠지 나의 심장을 두드린다

보고 싶기도 하고
목소리가 듣고 싶기도 해서
청진기를 가만히 대어본다

두 녀석들의 웃음소리가 들린다
사랑해 아들!
그저
네…
네… 알겠어요

밥 잘 먹고?
건강하고 행복하게 보내

심장의 꼬리는 반쯤 올라가면서
뭐… 날마다 하는 이야기 하고 또 하고
우리가 말할 때는 들은 척도 안하고
잊어버리면서 한 예기 또 한다고

아… 엄마가 그렇단다

머리를 띵하게 맞았다

너희들도 결혼해봐
내가 살아 숨 쉬는 건
엄마 심장이 왜 뛰는지 알 거야

분홍빛

들판이 초록빛으로
오르고 있으면
엄마는 옷소매 걷어 올린
봄꽃이었다

그 많은 봄꽃 중에
우리 집을 분홍빛으로
물들인 것은
엄마의 얼굴

어머니의 미소도
주름진 얼굴 사이에도
분홍빛이
잔잔히 흐른다

형제

엄마는 늘 그러셨다

내 뱃속에서
난 새끼들인데
어찌 저리 성격이 다른 건지

끼들이 있고
흥도 많고
노래들도 잘하고
재치도 있고
활동적이고
생활력 있고

엄마 아버지 반씩 닮았던가
오직 한쪽만 닮았던가
두 분의 유전자는
7형제의 반란이었다

그렇게 사는 거지 뭐!

설레는 마음으로
엄마라는 이름
시어머니라는 이름
아내라는 임무를 가지고
찌들었던 것들을 캐리어 담아
우리 넷은 구름 속으로 빠져 들어갔다

아들이 효도하겠다고
여행비용 모두 저축 해 놨다가
통 크게 미사일로 쐈다

뜨겁고 습한 싱가포르
차가운 내 몸을 싱그럽고 생기 있게
최상의 컨디션은 색다른 그림으로 펼쳐냈다

감추었던 기쁨
입이 찢어지도록 좋아서 꿀꺽 삼켰다

먹고 산다는 것 거기서 거기 아닌가!
별거 있겠나
호탕하게 한번 웃어보련다
특별한 인생 있겠는가!
즐기며 사는 거지

5박 6일의 행복
식었으면 좋으련만
여전히 진행 중이다

시어머니를 보내드리면서

장례식장에서 유리를 쳐놓고
염하는 것을 보는 순간
숨이 콱콱 막혔다

생존해 계실 때는 몰랐고
세상에 엄마는 내 엄마만
내 엄마인줄 알았다

이렇게 보낼 줄 알았다면
좀 더 잘해드릴 걸
장의사가 한마디씩 하란다

엄마 죄송해요
며느리의 도리를 못해서…

이 한마디로 영원히 보내드렸다

가족

내가 제일로 사랑하는 사람들이
내 가족이었으면 좋겠습니다

미웠다가도 용서가 되고
사랑하다가도 미워지고
쓰러져도 부둥켜안고
일어설 수 있는 그런 것이
내 가족이었으면 좋겠습니다

내 아이들의 어린이날

어디론가 가야 하나
선물을 사줘야 하나
소원을 들어줘야 하나

어디에 누구에게 맞춰서 해줘야하나
즐겁게 해주는 것일까
어떤 것으로
행복한 어린이날을 보내는 걸까

부족한 엄마는 그저 장난감 사주고
어디로 데려가는 것만
사랑이라고 생각했던 어린 엄마였다

못해준 것만 기억 하는 어린이날
고집 피우고 뜻대로 안 되면
길바닥에서 생떼를 쓰는 큰 아들
작은아이는 항상 형아가 쓰던 장난감

어린이날엔 그렇게 비위를 건드려 놓고
아이들 기분 좋게 하려 했으니
그런 것이 무슨 어린이날이었을까

아이들아
내 감정에만 충실했지
너희들에게 부족한 엄마였다

걸작

내 아이들과 동맹이
끝나는 날
지구가 새롭게 태어나야 한다

내 몸체에서
세상 구경하겠다고
예쁜 모습으로
십일월 사일
칠월 십육일
내 몸에서
이탈한 내 아이들

스스로의 결정이었기에
내가 관여할 수 없는
동맹이다

사랑의 분신인
내 인생 최고의 걸작

엄마 미안해요

봄비가 살며시
창가를 적시는 건
엄마의 눈물인지
세월의 눈물인지
못난 딸의 눈물인지

89세 엄마의
청각도 시각도
점점 잡아먹어
소리를 질러야 알아듣는 이 상황극
되돌릴 수 없는 슬픔이고 아픔이다

누구를 원망할 수 없는
눈물이 주룩주룩 흐른다

한마디 한마디 몹쓸
말 꾸러미가
엄마의 심장을 쥐어짜게 한다는 걸

점점 여물어 가는 내 나이
세월의 길목에 서보니 어지럽기만 하다

틀니로 인해 어눌하신 말
"버스 정류장 바라보면서
니들이 오는 것 같아
어제는 눈물이 나오더라" 하시는데
얼마나 울었던지 하루 종일
아무 것도 할 수가 없었다

잘들하고 있지
"네에… 엄마 전화라도 하지"
눈물이 왈칵 쏟아져서
엄마 손님 왔다고 하고
전화를 끊어 버렸다

내 목소리를 아쉬워하시기에 다시 전화를 걸었다
"엄마 씩씩하게 잘살고 있으니
걱정 말고 밥 잘 잡수시고 계세요
내일이고 모레고 들어갈게요"

아마도 엄마는 또
저 들녘을 바라보시면서
이 못난 딸이 언제 들어오나 서성이실 거다

자식 보고 싶은 마음은
엄마의 생애에
최고의 사업이고
영원히 비교할 수 없는
엄마의 심장에서 빼낼 수 없는
혈액 공급원일 거다
짝사랑의 그리움일 게다

내 호흡

암혈 속에서 숨을 쉰들
살아가야 할 의무는
오직 존재의 의미

생기가 있다는 것
영혼이 마르지 않았음을
신랑이 오시기 전
내발에 값비싼 향유를 바르고서야
호흡이 멈추면 안 되는 걸

온몸이 진동하여 삶의 가치가
내 아이들로 구성돼 있음으로
호흡이
코로 쉰다는 걸 알았다

엄마의 걱정이 한없이 내린다

어릴 적
철없이 뛰어 다니던 날
엄마의 호통이
가슴 저리게 한다

"미끄러지니까
돌아다니지 말고
조용히 집에
들어 앉아 있으라" 하셨다

엄마의 염려는
"꽈당"하게 하고
결국
꼬리뼈를 아프게 해서
고생하게 했던 눈

이 순간
엄마의 걱정

내 마음에 한없이 내린다

어머니

걸을 수 없을 만큼 다리가 아파
흉내조차 낼 수 없어
눈물만 쏟아내야 하시는 어머니!
참아낸 가슴에 피를 토해내야 했던
어머니를 헤아리지 못했다

불효 여식은 비수 같은 언어들을 쏟아내고도
나 혼자서 잘 먹고 잘 자란 줄 알았던 것은
어머니의 골절 속에 흐르지 않는
血이 될 줄을 몰랐다

주무시다 몇 번씩 이불을 덮어주시던 것은
당연히 그렇게 해야 하는 줄 알았고
밥알이 흩어져 떨어지면 주워 먹어야 하는 줄 알았고
생선을 먹으면 자식을 위해
뼈를 발라서 밥숟가락 위에 올려줘야 하는 줄 알았고
구멍 난 옷을 입어야 어머니인 줄 알았다

밤이면 몸뚱이가 아파 앓는 소리가 방안을 휘감아도
그 소리가 관절염 속에 파묻힌 고통인 줄 몰랐다
걸을 수 없어 질질 끌고 다니시는
다리를 보고서야 알았다

자나 깨나 자식이 우선이었고
앉으나 서나 자식을 걱정해야 하는 것은
당연한 줄 알았다

아픈 말들을 주름진 골 사이로 뱉어 냈을 때
관절염이 통증을 일으킬 만큼

"나 같은 자식 왜! 낳았냐고"
피를 토하게 했던 가슴 저미는 말들
너하고 똑같은 자식 낳아봐라,
네 자식이 그런 말 하면
얼마나 피눈물 나는지
그렇게 말씀하시는 어머니가 미웠다

씻지 못할 철없는 말들을 했던
저를 용서해 주세요

어머니! 결혼하고 아이들을 키우다 보니
어머니 마음을 알려 하지만
전부는 모릅니다

그렇게 하는 것이 당연한 줄 알았습니다
뼈가 다 달아서 걸을 수 없어
고통과 사투를 벌이는 어머니!

제 다리라도 드려서 제대로 걸을 수 있다면
그렇게 하고 싶습니다

피가 마른 눈물을 어이
닦아 드려야 합니까?

어머니의 발자국을 찾고 싶습니다
어머니!
어머니!

아버지의 치매

머릿속에 무엇이 들어있기에
그놈들이 뭔 짓을 하는 건지
천억 개의 뇌세포 중 뉴런의 이것들이
거미줄을 하얗게 쳐 놓았나보다
그냥 95세라는 연세 탓으로 돌려볼까

그 녀석들을 물리치려고
보건소에서 가져다준 그림책
숫자도 꿰맞춰 보시지만
평상시 노트에 메모와 일기를 쓰셨던
아버지의 습관하고는 전혀 상관없다

치매라는 그놈
아버지의 기억을
모두 데려가려고 애쓰고 있다

전화기에서 흘러나오는
소리는 그냥 콧물인지
눈물인지도 모르고

누구신지요?
아버지!
나 은영이라고…
소리 질려도 소용없다

아… 미치겠네
치매 이놈아
내 아버지 돌려줘

그렇게 가셨다

95년의 세월을 마감하시려고
물과 죽으로 연명하신다
당신의 의지를 놓지 않으려고
화장실도 지팡이에 의지하고
누워서 대답 대신 눈만 깜빡이네

많은 시간을 쏟아낼 동안
얼마나 힘겨운 싸움했을까
그냥 이제는 가야한다고 체념을 하는 듯하다

나그네로 여행하면서
이 땅에 것들 하나 둘씩 지우는
손짓이 어눌해져서
정신력으로 버텨내고 있는데

행복한 날보다 찌들은 날이 더 많을 것이고
땀내 나도록 뛰고 달렸을 긴 인생길

고요 속에 잠자고 있을 잡초들
아버지의 목에 걸려 말문이 막힐 만큼 생과
힘겨운 사투를 겨루고

이제 마지막까지 얼마나 남아 있을지 알지 못하지만
침대는 아버지의 기침소리를 끌어안고
미동에 신경을 쓴다

그 이후 내 육신의 아버지는 차가운 흙속으로
돌아오지 못하는 곳으로 꽁꽁 묶여
무덤 속에서 잠자고 계신다

4장

사람보다 귀하리

유언장

나는
날마다
유언장을 쓴다

캄캄한 밤에
생기가 빠지는 날
침대위에서
엑스레이 찍으면서

나의 아이들에게
가족 모두가 하나님을
꼭 믿어야 한다

형제끼리 잘 지내야 한다
아빠도 꼭 교회
모시고 가야한다

우리 가족 모두가
축복받기를…

좁은 문으로 들어가는 법

욕심은 땅에 버리고
미움은 강물에 흘리고
걱정은 불에 태우고
푸념은 나무에 묶어 놓고
용서는 십자가에 걸고
행복은 하늘에 쓰렵니다

4월의 찬미

한결같이
때가 되면 오시는
환한 모습의 당신

어김없이 또 오셨군요

세상의 환란으로 인하여
예전 같지 않은 계절이지만
그래도 당신은
찬란한 님이십니다

그대를 찬미합니다

지구상에 펼쳐진 일

뉴스 속에
뜨거운 이슈들
감정을 불안케 하는
노아 때 홍수

오르지 못한 타락한
사람들의 함성이 들리고
영혼이 보이지 않고
만져지지도 않는
바이러스의 반란

까맣게 타들어가는
종말론들

입에 거미줄 치듯
뱉어 내면서도
자각의 감정에
충실하지 못하고

망각의 인간은
저물어 가는 지구가
환경에 아파하는 것을
지켜만 보고 있다

고맙습니다

숨 쉬는 것만으로
존재의 가치를 느끼며
밤새 고통의 늪에서
헤어나지 못하다가

태양이 부르는 소리에
무거운 몸뚱이를
일으켰습니다

주여!
감사합니다

부정한

한마디 엮어 나가는 말이
거울에 감추고
귀가 부정한 딸이여
시몬이 부르는 소리에 귀 막으랴

빨갛게 술 취한 반점이
목구멍에 걸려
속내가 드러나도록
네 입이 그렇게 가볍더냐
부디 닥치어라

마치 독주를 마신듯
주절대는 모습이
가소롭구나

흐르는 물에 독약을
뿌려 놓은 듯
흘러 흘러 잡을 길 없구나

곤한 마음

술 취한 것처럼
자신을 다스리지 아니하고
말씀에 촉을 두고
육신을 다스릴 십자가
빛에 떨며 기도하네

지혜의 죽음이
살갗을 태우고
영혼의 도발은 끝이 없다

사람보다 귀하리

산보다 귀하고 강보다 귀한 이가
여기 있나니
내가 어찌 새보다 천하고
들짐승보다 귀하지 않겠느냐

해도 달도 들풀도
자연이 존재하는 것은
신이 아담과 하와를 위해 만드신
가치를 법 앞에 놓고
선악의 규제를 인생에 그렸다

세상은 나를 중심으로 사는데
내가 나를 중히 여김으로
내안에 그대들이 있는 것이며 내가
존재의 가치가 없다면
지구가 공존 하지 않으리

적당한 것들

세상에 많아서 안 되는 것들
적어서 안 되는 것들이 있네요

말이 많으면 실수가 많아지고
말수가 적으면 다소곳해지고
웃음이 헤프면 가벼워 보여
실속이 없어 보이고

교만하면 나 외에는 아무도 보이지 않고
자아가 살면 자존감이 살아 숨 쉬고
돈이 많으면 도둑맞을까
불안에 떨고

열개가 안 되면 아홉 개에서 허덕이고
혼자면 근심이 많아지고

낮은 자는 높아지고자 하고
높은 자는 더 높아지려 하니
땅에 있는 것은 땅에 있을 것이요

하늘에 있는 것은 하늘에 둘 것이요

나는

백양목 들보 같으니
내가 죽으면
무엇으로 지탱할꼬

향기가 나도록
피고 또 피건만
질 때마다 고통은
몇 배가 되더라

내안에서
행복을 지으려고
향기 뿜어낸

사람아
이 사람아
수고했노라

"고생했노라"는
꽃씨만 남았더라

혀가

조용한 자의 말은
지혜의 끝이 있으리

혀가 현란한 자의 말은
화가 차 있으며

입술이 뜨거운 자의
말은
남의 말 하기 쉽고

입술어 가지런 자의 말은
침묵 속에서 지혜를 구한다

별빛사랑

하늘아래
어느 여인이 하늘위에 계시는
예수님을 감히 "사랑한다" 고백 하던 날

천둥이 치고 비가 오고 눈이 오고
바람이 심하게 불어
몸을 가눌 수가 없었습니다

그렇게 예수님을 사랑하고
날마다 손잡고 소풍하고
찬양하고 꽃놀이 할 때 예수님과 깊은 대화하고
잘 때나 일할 때나
사랑하고 또 사랑에 빠졌었지요

나는 예수님을 사랑하면 할수록
누군가 자꾸 시기하고 질투하고
나의 전부를 자꾸 구렁텅이로 끌고 가는 이가 있었답니다

가까이 아주 가까이 오라 하는 목소리가 들릴 때마다
예수님 보고 싶어서 달려 가려하지만
발이 떨어지지 않았고
기도하는 입이 닫혀서 사랑한다고 고백도 못했습니다

사랑을 하고 싶었습니다
좋은날 예수님과 멋진 노래도 하고
우아한 악기도 연주하고 싶고
옥구슬 같은 목소리로
나를 부를 때 솜사탕 녹듯이 녹아도 좋을
달콤함이 참 좋았고

행복하고 기쁠 때 손잡고
살짝 리듬에 맞춰서 춤도 추고
예수님과의 사랑을 꿈꾸고 살았습니다

고통이나 아픔이 오면
예수님 무릎 베고 누워 위로받고 싶었고
머리 쓰다듬어 주시는 예수님 만나고 싶었고요

태어날 때부터는 그는 나를 사랑했지만
아니 모태에 짓기 전부터
많이도 아주 많이도 아끼셨는데
나는 성인이 되어서야 예수님을 사랑했습니다

예수님이 십자가 무겁게 지고 가시던 날
눈물만 흘리고 쳐다보고 배반하고 침 뱉고
유린당하시는 것만 쳐다보고는
아무 것도 못해드렸어요

죄송합니다
사랑하는데 예수님을 위해 할 수 있는 것이
아무 것도 없었어요
그저 '나는 그를 모릅니다'라는 말밖에는요

십자가 위에서 하늘을 향해
하늘 아버지!
하늘 아버지!
부르시던 날
나는 그냥 울고만 서 있었던 내가 한심했었답니다

당신을 많이 사랑합니다
이 땅에 구원자이시오
내 죄를 사하러 오신 내 구세주요

처음이오
마지막이신 나의 영원하신 동반자
예수님!

진한 보혈로 나를 이끄시느라
당신의 안위는 하늘 아버지께
맡기시고 나만 사랑해주셨던
고통을 등에 지고 인내하셨던
나의 사랑 예수님이여!

다가오시는 발자국 소리를
가만히 눈으로 듣고 귀로 보고
나를 위해 기도 하시는
등불을 바라보면서
예수님 없이 안 되겠다고 매달려 봅니다

당신의 사랑 없이는 이 세상 살아갈 수가 없습니다
당신의 말씀 없이는
단 하루도 숨을 쉴 수가 없다는 거 압니다

이 아침, 내 사랑 자여
어서 일어나 내손을 잡으라고
아주 부드러운 음성으로 깨워 주시니
오늘도 예수님 사랑에 풍덩 빠져봅니다

세상에 있는 것들 사랑해봤자
부질없다 하십니다
오직 예수만 바라보라 하십니다

큰 별빛만

내 아버지

참 곱고 멋지고
품성도 자애로우시며
세상에도 없을 온 세상 다 뒤져봐도
하나뿐인 고귀하신 이런 아버지는
나를 사랑하시는 하나님이셨습니다

아픔과 고통이 오면 눈물을 닦아주시고
마음 한가득 웃을 수 있는 특권도 주시면서
위로를 아끼지 않으셨던 자랑스러운 내 아버지

하고 싶어 하는 인생의 여행을 마음껏 하게 하시며
예쁜 아이들과 행복의 보금자리 터를 잡아주시고
많은 것을 배우고 깨닫게도 하고 생각하게도 했던
나의 아버지셨습니다

추운 날 아주 추운 날엔
따뜻한 입김을 불어 넣어 주시며
내손을 살며시 잡아주시는 그런 분이셨고
아주 무더운 날엔 시원한 흰옷으로 그늘을 만들어 주시는
그런 분을 자랑하고 싶습니다

비오는 날이면 짠하고 나타나셔서
우산에 무지갯빛 달아주시고
궂은일 행복한 일에 지혜와
지식을 더해 주시는 하나님이
내 아버지라니 참으로 경외합니다

외로운 길 걷지 말라고
바다와 파도와 조개들과 물고기들에게

대화할 수 있는 감정도 주시고 꽃들과 함께 손뼉치고
웃는 기쁨도 허락 하시는
하나님은 나의 아버지입니다

즐거우면 즐거운 대로
슬프면 슬픈 대로 내게 다가오셔서
손잡고 안아주시며
"힘들어도 즐거워도 항상 너의 곁에 있을 터이니
내 손을 잡아라"라고
포근하게 안아주시는 그런 분을
너무도 존경합니다

무슨 일을 하든 어떤 일을 하든
인생의 나그네로 있을 때
이 세상에서 연극을 하면서 살 동안
자나 깨나 나의 주인공이 돼 주시는
하나님은 나의 동반자이십니다

처음부터 눈을 감을 때 까지
길잡이가 돼주시는 그분

때가 되면 나를 데리러 오신다는
약속을 하시는 그분

믿고 순종할 수 있게 하시는
나의 아버지
나를 주관해 주시는 그분은
나의 하나님
나의 아버지셨습니다

충전이 필요한 날엔

게으름과 피곤함이
나른하게 늘어질 때
하나님의 말씀이
필요한 날 인 듯합니다

매순간 마다 시시 때때로
지치고 힘들고 무기력 할 때
재충전이 필요합니다

예수님의 말씀이 배고파지는 날엔
예언의 말씀 먹고 싶어집니다

기도가 절실해지는 날
힘이 빠지고 기분이 우울해질 때면
역시 하나님은 나의
보약이었습니다

예수님과 교통해야겠습니다

세상 사람들과 깊은 대화를
하고 싶을 때 영원하신 그분과
통화를 해야 안정이 될 것 같아
전화해 봅니다

배터리가 부족하다고
하늘의 기별이 왔습니다

세상 것들로 채워 보려고 애쓰고
전기를 꽂아보지만
말씀으로 충전하는 것만큼
충분하지 못합니다

영적으로 배고파집니다
나의 몸이 방전될 때
하나님을 찾아
또 다시 충전해서
오늘 하루를 연명해 갑니다

역시…
약 중에 약이요
의사 중에 의사요
말씀 중에 고귀한 말씀이요

지존이신 그분께
말씀과 기도로
내 몸을
강한 배터리로 방전되지 않도록
무장해야
될 것 같습니다

하나님의 세상으로

역경을 딛고 일어서는 것은
하나님을 나타내고자 하는 일인데
나의 죗됨으로 인하여
자책하면서 살지 말자

내 몸에 천국이 둘이거늘
나의 죄도 아니요
부모의 죄도 아닌
아마도 진정한 뜻이 있는 줄
믿음으로 가까이 가는 것이 순서이다

내게 시야가 좁은 것은
교만을 떨쳐 낼 수 있는
가장 쉬운 길이라 하실 것이고
오직 하나님의 영광을
나타내시기 위함이라 말씀하시는 것이다

만약 하나님을 믿지 않았더라면
흥청거리고 사리 분별도 없을 것이었고
힘들 때 길을 찾지 못해
갈팡질팡 하여 술 취한 여인네처럼
길바닥에 누운 노숙자가 되었을 것이다

이 땅에서 천국은 마치
하나님이 누룩 같은 말씀으로
나를 꽁꽁 묶어 두시고 부풀리고 계시어서
온전히 하나님의 은혜로만 계획대로
이끌어 주시기를 간절히 기도 해본다

아브라함의 믿음
이삭과 같이
죽음을 받아들일 만한 믿음은 부족하나
주님 뜻에 따라
살고 싶은 마음 간절할 때
나에게 합당한 그릇을 내어주시리라
간절히 믿어본다

내가 숨 쉬는 날이 얼마나
며칠이나 있을까
내가 이 땅에서 하나님을
믿노라하고
예배드리러 가는 날이
얼마나 남아 있을지 알지 못한다

나로 인해 하나님은
계획된 무엇인가 있으시다
부지런히 아낌없이 찾아가고
보고 싶을 때 따라 가보자
두드리고 싶을 때 두드려보자
열려 있을 때 들어가 보자

하나님의 세상 속으로…